Man kann auch unter Tränen lachen

Frei nach einer wahren Begebenheit.
Namen oder Ortsangaben wurden verändert.
Jede Ähnlichkeit oder Übereinstimmung mit leben-
den oder verstorbenen Personen wären rein zufällig und
hätten inhaltlich mit der Geschichte nichts zu tun.

Herstellung und Verlag:
Books on Demand GmbH, Norderstedt
ISBN 978-3-8482-1153-1

Abfahrt in die Ungewissheit

5 Uhr morgens. Der Wecker klingelt und für mich ist eine kurze Nacht vorüber. Fast zu früh, aber der Flug startet um 10 Uhr und die Fahrt zum Flughafen soll ungefähr 2 Stunden dauern.

Vor Aufregung bekomme ich nur ein paar Bissen des Frühstücks hinunter. Trotz des Versuchs, leise zu sein höre ich aus Mutters Wohnbereich erste Reaktionen. Jetzt habe ich es doch geschafft!

Mutter ist wach. Ich hatte mich eigentlich schon abends zuvor verabschiedet. Aber so ist sie nun mal. Schließlich steht sie schon da.

„Und pass bloß auf dich auf!"

„Ja, Mutter. Das mache ich"

„Hast du alles? Ausweis? Warme Kleidung?" fragt sie.

„Ja, ich hab alles dabei. Ich melde mich sobald ich in Glasgow angekommen bin. In Glasgow werd ich meine erste Übernachtung haben."

Eine letzte Umarmung beendet die Verabschiedungszeremonie und ich belade das Auto mit meinem Gepäck.

Irgendwie habe ich das Gefühl, dass ich nochmal zu Mutter gehen muss und lauf zu ihr.
„Ich geh dann, Tschüss, mach's gut".

Später werde ich mich an diese Verabschiedung sehr intensiv zurück erinnern, weil das der Augenblick war, an dem ich Mutter das letztemal gesund gesehen habe.

Während der Fahrt zum Flughafen und mit jedem gefahrenen Kilometer verlieren sich jedoch die Gedanken an ihre letzten Worte.
Es ist 8 Uhr, als der Flughafen in Sichtweite kommt. An einem Dauerparkplatz finde ich nach langer Suche einen freien Platz. Das Warten im Flughafengebäude scheint so schnell vorüber zu gehen, da heißt es schon „...und die Passagiere des Ryanair-Flug nach Prestwick können jetzt in ihre Maschine einsteigen!"
Im Strom der Passagiere steigt man wie ferngesteuert und selbstverständlich die Gangway hoch. Ich setze mich auf einen der Fensterplätze, die noch frei sind. Der ganze Flug hat auch etwas Beruhigendes und lenkt mich von vielen Sorgen und Ängsten ab. Endlich Urlaub.

„Welcome to Prestwick International Airport" heißt es dann nach etwa 1 1/2 Stunden Flug. Die Infrastruktur des Flughafens ist zwar etwas unübersichtlich, aber nach ein paar Minuten orientierungs-

losem herumlaufen, findet man immer noch den richtigen Anschluss. In meinem Fall den Anschluss- zug nach Glasgow. Manchmal hilft doch schon der urmenschliche Instinkt Herdentrieb.

Erst als ich im Zug Platz genommen hab, bemer- ke ich wieder, wie allein und verlassen ich mir vor- komme. Hoffentlich ist zuhause alles in Ordnung ?

Endlich, nach 8 Stunden Flug, Auto- und Zug- fahrten erreiche ich Glasgow. Etwas mitgenommen, aber glücklich . Nun geht es nur noch etwa eine 1/2 Meile bis zur Jugendherberge, die ich bereits zuhau- se gebucht habe. Schon jetzt wird der Rucksack eine Last für mich. Aber gleich hab ich's ja geschafft.

In Glasgow spazieren gehen ist nichts Besonde- res. Alte Gemäuer, Industriegebäude und manchmal unangenehme Gerüche aus ziemlich verdreckten Winkeln machen einem erst depressiv und das Le- ben in der Fußgängerzone erreicht wieder genau das Gegenteil. Jetzt rufe ich zuhause an.

„Ich bin gut angekommen und es ist alles in Ordnung", so melde ich mich bei meinem Bruder. „Wie geht's euch?"

„Es geht, warte Mutter will dich sprechen!"

„Und Lukas, bist du gut angekommen?" ...und ohne mich antworten zu lassen sagt sie gleich wieder „...aber pass auf dich auf!"

„Du brauchst dir keine Sorgen machen. Ich bin ja nicht das erste mal hier" und verabschiede mich dann auch schon.

So sind sie halt, die Mütter. Ständig besorgt um ihre Kinder, aber niemals auf sich selbst Rücksicht nehmend.

Am nächsten Tag geht es mit dem Zug weiter nach Oban. Der erste größere Aufenthalt, den ich geplant habe. Ich war dort bereits schon mal, und es hatte mir dort immer gefallen.

Wie sich dieses kleine Städtchen in die Bucht einbettet ist wunderschön anzusehen. Ein Genuss. Hier gibt der Blick

auf 's Meer und die Bucht Kraft und Ablenkung. In den darauffolgenden Tagen habe ich mich nicht mehr zuhause gemeldet. Ich ging einfach davon aus, dass alles in Ordnung ist. Doch es sollte anders kommen.

Es ist Mittwoch Morgen, und die Fähre nach Isle of Islay legt um 9:20 Uhr in Oban ab. Endlich geht es auf die Isles. Inseln, die noch nicht so vom Massentourismus heimgesucht sind und ein paar ruhige und entspannende Tage versprechen.

Es dauert auch nicht lange, da werde ich schon von ein paar älteren Damen angesprochen, was ich den hier wolle. „Just to spend my holidays there."

Zuerst können sie das nicht glauben, dass sich junge Leute auf die etwas entlegenen Inseln hinauswagen. Aber dann erzählen sie mir, dass sie sich auch zum Urlaub auf die Isles begeben. Nur mit dem Unterschied, dass sie aus Glasgow stammen und einen nicht ganz so weiten Anreiseweg hätten.

„Es kommt nicht auf die Entfernung der Erholungsorte an, sondern auf die Orte selbst und den Zweck der Erholung." Geben sie mir zu verstehen.

Und den Zweck erfüllen diese Inseln auf jeden Fall. Abgelegenheit, Zeitlos, etwas rau und etwas verträumt. Von allem etwas.

11:30 Uhr. Mittlerweile haben wir den Hafen Port Askaig auf Isle of Islay erreicht.

Naja, Hafen ist scharmant ausgedrückt. Eine Anlegestelle, ein Hafenhäuschen, ein als Zufahrtsstraße angegebener Landwirtschaftsweg und eine Telefonzelle.

Schlechte Nachrichten

Am Pier gehe ich zur Telefonzelle, um diese für den ersten Anruf nach 4 Tagen zu nutzen.

„Ja, Paul Schneider". „Hallo ich bin's, Lukas. Ich wollte mich nur mal melden. Wie geht es euch?".

Pauls Stimme klingt besorgt:

„Nicht so gut. Mutter ist ins Krankenhaus gekommen." Mein Atem stockt.

„Was hat sie?" „Ist es schlimm?"

Sie waren beim Facharzt der eine größere Menge Wasser in Bauchraum entdeckte. Noch während mein Bruder das erzählt, sehe ich, wie das Schiff das eigentlich nur 2 mal in der Woche anlegt, abfahrbereit gemacht wird.

Soll ich noch hinter laufen?

„Paul ich bin gerade auf einer der Inseln angekommen und das Fährschiff legt gerade ab, soll ich hinterher? Ich komme nach Hause?"

„Du kannst jetzt sowieso nichts machen und das würde auch nicht bringen. Bleibe dort! "

Aber das kann ich nicht. Wie kann ich jetzt Urlaub machen und zuhause wird Mutter operiert.

„Ich komme, sobald es geht, nach Hause und melde mich später noch einmal."

Mit dem Auflegen des Hörers kommt auch schon der Linienbus, mit dem es nach Bowmore geht. Soll ich überhaupt einsteigen? Aber ich habe keine andere Wahl. Nun setze ich mich mal in den Bus und warte ab.

Während der Fahrt kann ich die ganze Landschaft gar nicht mehr richtig wahrnehmen. Meine ganzen Gedanken drehen sich nur noch um Mutter. Was hab ich dieser Frau doch in den letzten Wochen manchmal genervt und alles hat sich eher um mich, als um sie gedreht.

Vater starb schon mit 43 Jahren und Mutter hatte ihre 3 Söhne allein groß ziehen müssen. Und das war mit Sicherheit nie leicht. Sie arbeitete nebenbei und machte den Haushalt. Nachdem wir Kinder alle im Berufsleben standen, konnte die sich nicht einmal etwas gönnen, da Großvater, der zuhause lebte, zum Pflegefall wurde.
Ihr Leben lang hat sie sich nur um anderen gekümmert. Und jetzt da sie endlich mal etwas an sich denken konnte, kommt das. „Oh Gott, lass dieser Frau nichts schlimmeres zustoßen." Denke ich in mich hinein.

In Bowmore angekommen, muss ich mich nach einem Postbus umschauen. Der sich allerdings dann als 6 –sitziger Kleintransporter entpuppt. Als ich dem Fahrer erkläre, dass ich ans andere Ende der

Bucht muss, hilft mit eine Mitfahrerin zu erklären wie der Fahrer zu fahren hat. Nicht einmal er wusste, wohin ich wollte. Ok, die Mitfahrerin ist da Gott sei Dank doch etwas ortskundiger, als der Postbote. Was mir etwas zu bedenken gab. Nun ja.

Da stehe ich nun. Mehr als 1000 km von dem Ort entfernt, an dem Mutters Schicksal entschieden wird. Was mache ich nur hier?

Entfernt von der sogenannten Zivilisation, an einem Bauernhof klopfe ich an die Tür des B&Bs.
„Hello, my name is Lukas Schneider, I've booked for 3 days to stay here."
Versuche ich mich in meinem Stolper-Englisch verständlich zu machen. Die Frau ist sehr nett und weiß natürlich noch von dem Telefonat des Touristenbüro 's in Oban, wo ich diese Unterkunft gebucht hatte.

Sie zeigt mir das Zimmer, das einen wunderschönen Ausblick direkt aufs Meer und die Bucht hat. Eine heimelige und wohltuende Ruhe , die diesen Ort so einzigartig macht, kann ich kaum wahrnehmen. Mit den Nerven ziemlich am Boden und wie auf Kohlen sitzend frage ich meine Vermieterin, ob ich 1 oder 2 Tage früher abreisen kann und wie es mit der nächsten Fähre aussieht, um so schnell wie möglich wieder nach Hause zu gehen.

Doch es stellt sich heraus, dass es kaum ohne einen Mindestaufenthalt von 2 Tagen geht. Einen frü-

heren Flug habe ich den Fährzeiten entsprechend jedoch umbuchen können. Die Vermieterin ist sehr nett und zeigt sich sehr hilfsbereit. Besonders als sie mitbekommt, weshalb ich früher abreisen möchte.

„My mother is ill."

"Oh, I hope isn't hardly for her" entgegnet sie mir und lädt mich mit ihrem Mann am Abend zu einem Konzert zu begleiten. Das ist zwar nett, aber ich kann in diesem Moment nicht an musikalische Entspannung denken. In das 2 km entfernten Village Port Charlotte gehe ich hin, um mich mal wieder bei Paul zuhause zu melden.

Er beruhigt mich, ich solle die Tage genießen und mich entspannen. Doch der Tag lässt mich nicht zur Ruhe kommen und nach langem hin und her bekomme ich die Telefonnummer des Krankenzimmers meiner Mutter.

„Schneider" meldet sie sich.

„Hier ist der Lukas. Mutter wie geht's dir denn? Ich habe es erst vor ein paar Stunden erfahren, dass du ins Krankenhaus gekommen bist."

„Lukas, von wo aus rufst du an?"

"Schottland"

„Jetzt ruft der direkt aus Schottland an!" Es geht mir soweit gut. Nur im Bauch etwas unwohl. Blähungen halt"

„Ich komme zurück, sobald ich kann. Allerdings geht leider die nächste Fähre erst in 2 Tagen und eine früheren Flug bekomme ich sowieso nicht".

„Lass doch und bleibe dort. Du kannst eh nichts tun"

Mit tiefen Zweifeln verabschieden wir uns voneinander. Im Kopf bei der Mutter und mit dem Körper meilenweit weg. Das tut weh, wenn ein geliebter Mensch am anderen Ende der Welt leidend nur deine Stimme hört und dir nur die Gedanken bleiben. Am Abend gehe ich noch mal in das Village zum Essen.

Wenn Abgelegenheit und Einsamkeit einmal erfunden wurden, so hab ich jetzt den Ursprung, die Quelle dieser Begriffe gefunden. Einerseits schön ruhig und im anderen Fall eine tödliche Stille, die bei Zeiten auch schmerzt. So kam mir dieser Ort in diesem Moment vor.

5 Tage später und mehrere Flug-, Fähr- und Zugverbindungen erreiche ich wieder heimischen Boden.

Alles vergessen, alles hinter mich gelassen, mache ich mich auf den Weg zu Mutter ins Krankenhaus.

Station 4C Zimmer 231. Obwohl Mutter erst ein paar Stunden zuvor ein erster kleiner Eingriff unter Vollnarkose hinter sich hatte, schaue ich mal bei ihr hinein. Wach ist sie schon, aber noch nicht ganz wahrnehmungsfähig. Und so lasse ich ihr ihren Schlaf.

Dienstag Morgen, und ich gehe als erstes ins Krankenhaus, um sie zu sehen.

„Hallo Mutter, wie geht es dir?"

„Es geht, ich habe noch ein wenig Schmerzen, aber ist nicht so schlimm." Nachdem ich ihr von meinen

Erlebnissen in Schottland erzählt habe, frage ich sie, wie denn alles zustande kam.

Sie erklärt mir, dass sie nach mehreren Besuchen bei ihrem Arzt nie eine klare Diagnose erhalten hatte und dann zu einem Facharzt ging, der ihr auf Anhieb Unregelmäßigkeiten im Unterleib diagnostizierte. Mit dem Ergebnis, dass sie sofort ins Krankenhaus gehen muss. Dass sie dabei ihren Arzt noch mal aufsuchte, der das Ganze gespielt ungläubig nachuntersuchte, hat sie mir erst jetzt erzählt. Sie wusste, dass ich ihren Hausarzt zur Rede stellen würde, hätte ich das früher erfahren. Aber ich tat das auch im Nachhinein nicht. Nicht aus Gleichgültigkeit Mutter gegenüber, nein, rein aus dem Wissen heraus, dass das keinen Nutzen für Mutter hätte und sie dadurch auch nicht gesund werden würde.

Ich wusste auch, dass Mutter schon mehr als 2 Monate zuvor über Blähungen und Verdauungsprobleme klagte und ich hatte sie in dieser Zeit nicht energisch genug auf einen zusätzlichen Besuch eines Facharztes gedrängt. Das war ein Fehler, der auch mir zuzuschreiben ist, weil Mutter doch ein wenig auf unseren Rat hört. „Doch wichtiger ist jetzt erst einmal, dass du gesund wirst" sage ich zu ihr, und versuche sie ein bisschen abzulenken.

Die darauffolgenden Tage sind eine einzige nervenaufreibende Warterei. Doch dann ist es Freitag.

Der Tag, an dem das Untersuchungsergebnis der Gewebeentnahme vorliegt. Schon morgens besucht mein Bruder Mutter. Als er zurückkommt, weiß er auch noch kein Ergebnis. So geht das Warten weiter bis nach 13 Uhr.

Das Krankenzimmer betretend, den Türgriff noch in der Hand, schaue ich mir genau Mutters Gesichtsausdruck an. Gutartig.
„Ein gutartiger Tumor, der in der nächsten Woche entfernt wird", antwortet sie mit einem erleichterten Blick.
In diesem Moment war mir erst bewusst geworden, wie schwer Mutter krank sein könnte. Doch alles scheint gut zu laufen.
„Mittwoch ist die OP", fährt sie fort. „Ich muss halt noch ein paar Tage warten." Somit legt sich die Aufregung langsam.

Es vergehen 5 Tage. Ich arbeite schon wieder und es ist Mittwoch. Jetzt wird sie gerade operiert. Hoffentlich verläuft alles gut. Ein wenig nervös werde ich schon wieder. Wie läuft das Ganze? Wann kann sie wieder nach Hause? Und dann. Endlich Feierabend. Ich gehe wieder langsam ins Zimmer, doch Mutter schläft noch. Sie wurde zwar früh operiert, ist jedoch noch nicht wach.

Zuhause angekommen, rufe benachrichtigen wir erst einmal alle Verwandten und Bekannten, um

14

auch ein bisschen zu beruhigen. Alles scheint so glatt, so einfach gewesen zu sein. Und trotzdem kann ich in dieser Nacht nur schlecht Ruhe finden.

Der Schock

Als der Morgen anbricht, gehe ich wie immer zur Arbeit. Auf Kohlen sitzend, wie es denn meiner Mutter gehen würde merke ich wie sich die Stunden dahin dehnen.

Und dann, wie tags zuvor fahre ich in Krankenhaus. Die Tür öffnend und den Griff wieder in der Hand schaue ich zu ihr, und merke, dass es nicht mehr so ist, wie in der Woche zuvor.

„Ich bekomme eine Chemotherapie". Damit geht auf einmal eine Welt zu Bruch. „Wieso eine Chemotherapie?" frage ich.

„Es sind Wucherungen im Unterleib festgestellt wurden, die nicht operativ entfernt werden konnten."

Ein Arzt, ich muss jetzt einen Arzt sprechen. Im Flur frage ich im Schwesternzimmer nach. „Entschuldigung, mein Name ist Schneider. Ich bin einer der Söhne von Frau Schneider. Kann ich mal einen Arzt sprechen?"

„Ich frage mal nach" heißt es in einem befehlsähnlichen mir gegenüber eher unfreundlichen Ton.

So warte ich. Nach 2 Minuten kommt auch eine Ärztin. "Sie sind Herr Schneider. Ein Sohn. Also ich war zwar nicht bei der OP dabei, aber wie ich aus der

Krankenakte entnehmen konnte, hat Ihre Mutter im ganzen Unterleib Wucherungen, dir nicht operativ entfernt werden konnten. Man kann zwar mit einer Chemotherapie was machen, aber langfristig gesehen sie nicht gesund."

„Muss sie sterben?" Es folgt keine direkte Antwort nur ein Nicken und die Worte:
„...3, vielleicht hat sie noch 4 Monate zu leben".

„Oh mein Gott". Eine Welt bricht für mich zusammen. Ich kann es nicht begreifen und frage ungläubig nach,
„...aber da muss doch noch was gehen. Sie ist doch erst ins Krankenhaus gekommen ? Gibt es da keine Möglichkeit, dass sie gesund wird ?"
Zwischen Tür und Angel mitten auf dem Flur entgegnet sie mit:
„...Ihre Mutter wird nie mehr gesund werden. Die Krebswucherungen in Ihrem Körper sind einfach schon zu weit fortgeschritten. Wäre sie etwas früher gekommen, gäbe es vielleicht noch eher eine Chance, aber es sieht sehr schlecht aus."
Wie sage ich es ihr ? Was mache ich jetzt ? Das darf doch nicht wahr sein ?

Eine Frage geht mir wie ein innerer Dorn durch den Kopf. Weiß sie es. Weiß sie, dass sie sterben muss. Aber dazu ist es zu früh, wenn nicht sogar unnötig, diese Frage zu stellen. Hoffnung ist, so denke ich, dass einzige was sie in dieser Situation noch Lebenswillen schenkt. Doch jetzt muss ich erst einmal wieder zu ihr.

Ich öffne das Zimmer. Mein Bruder Freddy steht bereits am Bett und hält Mutter die Hand.
"Was hat die Ärztin gesagt?"
Soll ich jetzt lügen? Nein, dass sie Krebs hat, muss ich sagen.
"Mutter, es wurde zwar der Tumor entfernt, aber es wurden weitere Wucherungen im Unterleib festgestellt, die nicht operativ entfernt werden können. Daher muss eine Chemotherapie durchgeführt werden."
"Oh je, das überlebe ich nicht", sagt sie und schaut mich mit Tränen in den Augen an. " Der Tumor wird noch untersucht und in den nächsten Tagen wird beraten, wie es weitergeht, wann die Chemo dann losgehen soll. Jetzt muss so schnell es geht eine die Chemo angesetzt werden. Natürlich wird das ziemlich hart, aber wir haben keine andere Wahl, Mutter. Das verstehst Du doch?"
"Gibt es da nichts anders ?" und schaut mich dabei verzweifelt an.
"Jetzt warten wir erst einmal ab. Wenn die Chemo anschlägt, wäre das der erste Schritt in die richtige Richtung, aber so weit sind wir noch nicht."

Mit Freddy, der gerade auf dem Heimweg ist, gehe ich noch kurz vor die Tür.

"Was hat die Ärztin genau gesagt, Lukas ?"

"Mutter hat im ganzen Unterleib Wucherungen und diese sind schon etwas im Vorangeschrittenen Stadium. Die Chemo kann zwar diese eindämmen, aber gesund wird Mutter nicht mehr." Ich muss schlucken...

"Mutter, meinte die Ärztin, hätte noch 3 - 4 Monate zu leben, da der Krebs zu weit vorangeschritten ist. Wir könnten zwar eine Chemotherapie anfangen, aber ob sie es überhaupt schafft diese ganz durchzuziehen ist sehr wage."

Freddy ist den Tränen nahe

"Hast Du schon mit dem Chefarzt gesprochen?"

"Nein, noch nicht. ich werde dies aber in den nächsten Tagen versuchen, dass ich Ihn erreiche" Die Tür öffnend gehe ich Mutter entgegen, die im Bett liegend mit den Nerven total fertig ist.

"Mutter hör mir bitte einmal zu!" Sie dreht den Kopf weg.

"Mutter, bitte, hörst du mir zu ?"

"Ja" sagt sie, während die Tränen ihre Wangen herunterfließen.

"Mutter, ich weiß , ich habe leicht zu reden, aber es besteht trotz allem immer noch Hoffnung. Bitte verlier diese nicht! Sei stark und wehre dich gegen diese Krankheit ...willst du leben, oder sterben?"

"Leben!"

"Also Mutter, dann kämpfe darum. Wehr dich gegen den Krebs! Wir werden dir dabei helfen. Das schaffen wir, hast Du gehört?"

"Du sagst das jetzt halt so."

"Nein, Mutter, das meine ich so." Man kann richtig spüren, wie langsam für sie eine ganze Welt zusammenbricht.

Es vergehen ein paar Minuten, da kommt Paul herein. "Und wie geht's?"

"Nicht so gut", sagt Mutter, "ich bekomme eine Chemotherapie"

Paul' Gesicht verdunkelt sich immer mehr und auch er kämpft mit den Tränen.

Das hat sie einfach nicht verdient. Das nicht.

Die folgenden Tage werden sehr hart. Paul und ich besuchen täglich.

Nach der Arbeit fahren wir direkt zu ihr und versuchen ihr Trost zu spenden.

Es vergehen so ca. 2 Wochen, bis sie die Klammern herausbekommt.

Schließlich kommt der Tag an dem sie vorerst nach Hause darf. Wir haben in der Zwischenzeit einen anderen Arzt aufgesucht, der Mutter zuhause versorgen kann. Zu ihrem ehemaligen Arzt haben wir den Kontakt aus Vertrauensgründen abgebrochen.

Nach dem ersten Tag besucht uns auch schon der neue Arzt. Ein sehr einfühlsamer und verständnisvoller Arzt.
Schon am gleichen Abend bekommt Mutter jedoch starke Probleme mit ihrer Verdauung. In dieser Zeit bis zur Entlassung wuchs das Verhältnis von uns Kindern zu Mutter.
Jeden Tag, den wir sie besuchen ist ein Leben mit dem Bewusstsein, dass es morgen zu Ende sein kann. Mutter verlor an Gewicht. Dies wurde rapider als sie nach der Entlassung zuhause ist. Als die Verdauung schließlich schlapp macht, können wir nicht anders und rufen den Notdienst. Und wieder ist sie im Krankenhaus.

Es folgen Tage der Untersuchung, die sie an den Rand ihrer körperlichen Kräfte bringt. "Hattest du Stuhlgang?". "Nein, immer noch nicht" Wir fragen uns: Wie lange kann ein Mensch so etwas durchhalten? Und Mutter ist diejenige, die es ertragen muss. Tag ein, Tag aus, muss sie größere Mengen Abführmittel zu sich nehmen und mehrere Röntgenprozeduren durchmachen. In dem Zustand fast schon unmenschlich.

So geht es fast 10 Tage. Bis, ja bis... es ist Donnerstag Nachmittag.
Ich rufe Freddy an, der bei Mutter ist. "Wie geht's?"
Freddy:
"Nicht sehr gut. Sie bricht das Abführmittel gerade wieder, aber ich kann nicht mehr lange bei Mutter bleiben"
"Ich komme".
Als ich die Türe aufmache, schaut sie mich schon mit Tränen in den Augen an.
"Ich muss noch einmal operiert werden, am Darm"
Im gleichen Moment erscheint Dr. Böhmer aus der Chirurgie-Abteilung.
"Nun Frau Schneider, so wie es aussieht haben sie einen Darmverschluss. Wir müssen operieren. Es kann sein, dass wir ein Stück Darm entnehmen müssen. Dass wir einen künstlichen Ausgang legen müssen, oder noch andere Möglichkeiten. Wir können nicht mit Sicherheit sagen, wie es ausgeht."

Unter Wasserfällen von Tränen schaut sie mich an: "Wenn ich nicht zurückkomme, sagst Du allen die mich kennen noch einen letzten Gruß von mir!"

Mir stockt der Atem:

"Oh Mutter, jetzt sag doch so etwas nicht. Das schaffst du." Und mir geht es wie ihr. Tränen verdecken das Gesicht. Während die Schwestern ihr das OP-Hemd anziehen, versuche ich sie zu beruhigen.

"Mutter, das wird schon. Keine Angst." Auf dem Weg zum OP fängt sie wieder an ihre letzten Grüße solle ich doch auszurichten. Doch bevor ich Gelegenheit habe, mich dazu zu äußern, stehen wir schon bei OP-Schleuse.
"Ab hier darf ich nicht mit, Mutter". Noch einmal reckt sie sich auf und sagt:
"...sage allen, dass ich sie lieb habe."
Ihre Angst in den Augen und die Tränen im Gesicht setzen mir dermaßen zu, dass ich gar nicht weg möchte.

Ich frage "Kann ich warten, bis alles vorbei ist?" "Ja, natürlich", antwortet die Schwester und sie fordert mich auf die Station mitzugehen, um Mutters Kleider einzupacken, da sie nach der OP in eine andere Station verlegt wird.

Es folgen 3 furchtbar lange und nicht enden wollenden Stunden. Ich glaube gerade in diesen Momenten wird man, selbst als nicht ganz so gläubiger Christ, irgendwie von dem Bedürfnis befallen zu beten.

Und das tue ich innerlich. In der Zwischenzeit rufe ich unsere Tanten und Verwandten an.

"Mutter wird zum 2-ten Mal operiert."

Paul, mein anderer Bruder, wartet zuhause und hat von Mutters Zimmergenossin erfahren, dass sie ein weiteres Male operiert wird. Er weiß es also.

Er und Freddy kommen auch schon wenig später zu mir in den Wartebereich vor den OP-Sälen. Nach ca. 3 Stunden ist es endlich vorbei. Mutter liegt mittlerweile auf der Intensiv-Station, wo wir sie besuchen dürfen. Nicht ganz bei sich, aber wohl auf, fällt mir ein Stein vom Herzen. Alles hat geklappt. die OP dauerte 75 Minuten. Und es verlief ohne Komplikationen.

Am anderen Tag. Noch ziemlich mitgenommen, aber wach sehen wir Mutter lachend entgegen. Aber der Stationsarzt hat bisher noch keine Aussage über den Verlauf der OP gemacht.

Niemand, nicht einmal der Chirurg Dr. Böhmer meldet sich. So geht es den ganzen Tag. Am darauffolgenden Tag, Samstag, geh ich ins Schwesterzimmer, wo es wieder zwischen Tür und Angel eine Aussage gibt, heißt es dann:

"Ihre Frau Mutter hat einen künstlichen Darmausgang bekommen."

Alles, bloß nicht das noch. Aber es lässt sich nicht ändern. "Mutter, weißt Du, dass Du einen künstlichen Ausgang bekommen hast."

"Gesagt hat es mir niemand, aber ich habe sowas geahnt und gespürt." sagt sie, die noch mit Magensonden und anderen Schläuchen vollgestopft ist. Endlich, nach einem weiteren Tag bekommt sie die Magensonde rausgezogen. Und sie darf auch wieder essen.

Schwester Ute hat sie in die Handhabung vom sogenannten Stoma (künstlicher Darmbehälter) ein bisschen unterwiesen.

In den nächsten Tagen macht sich zuerst Paul, dann ich daran, ihr das leeren und wechseln des Beutels durchzuführen. Mutter wehrt sich natürlich gegen diesen Fremdkörper, der sie als "abstoßend" empfindet. Aber nach und nach kommt für uns die Routine, wie man den Beutel richtig leert. Mutter merkt man es an, dass sie sich selbst ein wenig ekelt.

In dieser Zeit erfahren wir, dass viele Menschen, auch im näheren Bekanntenkreis solch einen Stoma sogar schon länger besitzen. Man spricht nur nicht darüber. Vertuscht es. Redet einfach nicht darüber. Wenn sich vorstellt, dass der Stuhlgang, mehr flüssig als fest, in einem Beutel am Bauch hängend gesammelt wird. Und wenn er voll wird von Hand vor den Augen in eine Schüssel oder ähnliches gegeben wird, braucht man im ersten Moment schon Überwindung. Ich spüre, wie Mutter mich beim Leeren des Beutels beobachtet. Aber es macht mir nichts aus.

"Mutter, Du brauchst Dir doch keine Gedanken wegen dieser Geschichte machen. Das ziehen wir gemeinsam durch. Das kann man auch mit Sicherheit wieder zurückverlegen. Ich denke, wenn die Chemotherapie, die ja noch gar nicht begonnen hatte, anschlägt, wird das mit dem Darm auch wieder besser." Dies glaubte ich zumindest.
"Mutter, wir müssen jetzt sobald es geht schauen, das die Chemotherapie durchgeführt wird."

Ein paar Tage später hat sie auch wieder richtig Appetit. Es ist eine helle Freude, ihr beim Essen zuzusehen, wenn es ihr schmeckt.
In diesen Augenblicken merke ich, wie auch ihr Lebenswille sich steigert. Allerdings wird der von dem "Leeren des Beutels" immer wieder gedämpft. Der Beutel kann halt nur eine ganz bestimmte menge fassen. Und so muss man aufpassen, dass er nicht zu voll wird, sonst läuft er aus. Dies passiert auch prompt die ersten paar Tage. Nach einer weiteren Woche im KH wird sie übers Wochenende nach Hause entlassen. Montag soll dann die erste Chemotherapie beginnen.

Es ist Freitag und Mutter kommt nach Hause. Die Treppe hochzugehen, ist schon etwas schwieriger geworden. Sie atmet ziemlich tief und schwer. Durch die letzte Darm -OP hat sie natürlich wieder Gewicht und damit auch richtig Kraft verloren. Soweit es geht helfen wir. Die erste Nacht verläuft einigermaßen glatt und am heutigen morgen, Samstag, hat sich Schwester Ute bei uns zuhause zum Besuch angemeldet. Als sie kommt, weißt sie mich und meinen Bruder ein im Wechseln des Beutels und der Platte. In Notfällen steht Schwester Ute uns auch zuhause zur Verfügung.

Es ist bewundernswert, wie locker und hemmungslos sie mit der Thematik umgeht und uns damit sehr hilft. Zum ersten Mal, kann man leider jetzt erst sagen, wird uns richtig geholfen mit gewissen Blessuren umzugehen. Selbst ein bisschen psychologischer Beistand gibt sie uns, was ich im KH kein einziges Mal sehen oder Mutter in Anspruch nehmen konnte.

Chemotherapie

Der Sonntag ist schlimm. Es ist zwar ein wunder-
schöner Tag. Der kann Mutter jedoch überhaupt
nicht genießen, da ihr Kreislauf verrückt spielt.

Als ihr schließlich ein Fußbad mache, geht es
richtig los. So etwas habe ich noch nie gesehen. Sie
verdreht die Augen und verkrampft die Hand zu einer Faust. "Mutter, Mutter, was ist los. Hörst Du
mich?" rufe ich geschockt. Ich lege sie ins Bett, wo
sie sich ein bisschen beruhigt. Als sie wieder aufstehen möchte, geht es richtig los. Die Augen mit einem starren Blick, die geballte Faust und dann diesen Wimmern.

Jetzt ist es genug. Ich rufe den Notdienst. 5 Minuten später kommen auch schon die Sanitäter und
der Notarzt. Hyperventilation mit nervösen Kreis-
laufbeschwerden. So die Diagnose, nachdem das
EKG eine ganz normale Herztätigkeit zeigt. Dem
Notarzt erzähle ich die bisherige Krankengeschichte.
Schließlich gibt er ihr ein Beruhigungsmittel, auf das
sie einschläft. Endlich . Endlich hat sie Ruhe.

Die Aufregung, Stoma und baldige Chemo,
machten bei ihr den Kreislauf durcheinander. Dazu
kamen das Fußbad und das schwül warme Wetter.

Der erste Chemotherapie - Tag.

Paul fährt mit Mutter in KH , wo sie nach einer über 1-stündigen Wartezeit einem Zimmer zugewiesen wird. Ein Facharzt erklärt ihr die vorgehensweiße bei einer Chemotherapie. Erst kommt eine normale Infusion, dann die Chemo auch in Form einer Infusion. Die Nadel darf nur ein Facharzt stechen, da bei einem Stich neben die Vene, die Chemo auslaufen würde und somit das ganze Gewebe zerfressen würde, wie bei einer Säure.

Es vergehen Stunden bis die Infusion durch ist. Erst am Abend gegen 21 Uhr kommt Paul mit ihr nach Hause gefahren. Sie steigt selbst aus dem Auto und ohne Hilfe die Treppe hoch. Anscheinend haben die Chemo und die Infusion einen kräftigenden Schub ausgelöst. Genüsslich isst sie jetzt erst zu Mittag. Und dann geht's ins Bett. Sie hat mehrere Tablette und Tropfen zur Behandlung der Nebenwirkungen verschrieben bekommen. Die Rezepte hat mein Bruder in der Zwischenzeit beim Arzt und in der Apotheke besorgt. Vom Krankenhaus gab es nur ein Schmierzettel auf dem die Medikamente notiert waren.

Naja, Hauptsache wir haben alles. Die nächsten 3-4 Tage verlaufen relativ gut. Doch dann, ab dem 5 Tag merkt sie, wie die Chemo in ihrem Körper so langsam Wirkung zeigt. Das Laufen geht fast gar

29

nicht mehr. Dazu der Stoma, wobei sie immer viel Flüssigkeit verliert.

Nach einer Woche bekommt sie wieder diese Kreislaufanfälle, nur diesmal kommt noch Schüttelfrost dazu. Am ganzen Körper zittert sie. "Helft mit doch, helft mir doch" ruft sie mit schmerzender Stimme.

Uns reicht 's, wir rufen den ärztlichen Notdienst an. Ein Arzt meldet sich. Ich schildere ihm die Begleiterscheinungen und Mutter Beschwerden. "Ja, das ist halt normal bei einer Chemo. Legen sie ihre Füße hoch. Wie sieht Ihr Blutdruck aus ?" fragt der Arzt am Telefon. Wir messen mit einem eigens gekauft Blutdruckgerät :
"100 zu 60" "Etwas tief. Beobachten Sie es den Blutdruck weiter. Wenn er tiefer geht, rufen Sie mich noch mal an und legt auf".

Erschüttert über die Gleichgültigkeit dieses Arztes packt mich die Wut und ich wähle die 112. Es dauert auch nicht lange, da kommt schon der Krankenwagen. Die Sanitäter zögern keine Minuten mit dem Abtransport ins KH. Im KH angekommen wird sie erst einmal in der Notaufnahme mit Infusionen versorgt. In dieser Nacht musste sie 2-3 mal erbrechen. Aber weniger von der Chemo mehr von der gefühlslosen gewalttätigen Fahrt mit dem Krankenwagen. Mir kam es vor, als würden die Sanitäter mit meiner Mutter umgehen, wie ein Eilbote der irgendeine Ware abzuliefern hat. Am morgen danach geht es ein bisschen besser.

Sie wurde mittlerweile auf ihre alte Station verlegt, wo sie mit Verwunderung einer älteren Schwester mit den Worten begrüßt wurde "Ja, bei einer Chemotherapie geht es einem halt schlecht."

Voller Wut muss ich am Nachmittag feststellen, dass sie Mutter nicht einmal was zum Mittagessen gebracht hatten. Sie hätte ja darauf erbrechen könne, heißt es, als ich nachfrage. Ich zögere keine Sekunde und gehe in die Klinikkantine und kaufe dort einen Eintopf. Immerhin etwas. Mutter ist sehr zwar erst aufgebracht, als ich ihr diesen bringe. Nimmt lediglich ein paar Bissen, die mich beruhigen.

Selbst am Abend bekommt Mutter nichts zum Essen. Da ist dann Tante Isolde eingesprungen und besorgte ein Schinken - Baguette.

In diesen Tagen kam ich und Mutter uns vor, als wäre ihr Leiden Schauspielerei und einige der Krankenhausbediensteten behandelten sie auch erst so danach.

Doch Beschweren hilft nichts. Nach ein paar Tagen Ruhe und ein paar Untersuchungen wird ein sehr stark verändertes Blutbild festgestellt. Nichts mit Schauspielerei. Bitterer Ernst. Trotzdem wird sie schon nach einer Woche wieder entlassen. Ihr Blutbild muss sich erst wieder richtig erholen.

Mir ist zu dem Zeitpunkt gar nicht bewusst, dass Mutters Blutbildbehandlung eigentlich in eine ganz andere Fachabteilung des Krankenhauses gehört, aber in der darauffolgenden Woche als sich ihr Zustand wieder sehr drastisch verschlechtert, Kreislauf ist am Ende, war alles klar. Ein interner Krankenhauswettstreit zwischen den Abteilungen lautet: Bloß keinen Patienten abgeben müssen.

Mutter ist am Ende "Weihnachten werde ich nicht mehr erleben" sagt sie. Naja, als Mutter wieder nicht mehr kann, reicht es mir. Ich rufe den Notdienst ein 3-tes mal. Ein ganz anderer Arzt hat Bereitschaft. Als er kommt, wird zum ersten Mal eine klare Diagnose gestellt.

"Das Blutbild bekommen sie hier zuhause nicht in den Griff. Sofort ins Krankenhaus." Mutter ist ganz entsetzt

"...aber dann denken die, ich würde wieder simulieren."

"Nein", sagt der Arzt, " sie kommen in eine ganz andere Abteilung. Auf die Station 2".

Endlich wird eine uns plausible und fachgerechte Entscheidung getroffen. Und wieder geht es mit dem Krankenwagen Richtung KH. Überraschend kommt sie auch am nächsten Tag tatsächlich auf die Station 2B. Man merkt sofort dass der Umgang mit den Patienten etwas anders, freundlicher ist. Zu meiner Überraschung treffe ich hier eine gute Bekannte, die hier während ihres Medizinstudiums ein Praktikum absolviert.

Mutters Kreislaufprobleme, so stellt sich heraus, kann man nur mit bestimmten Tabletten und viel trinken in den Griff bekommen. Während dieser weiteren 10 Tage KH-Aufenthalt veranlassen wir mehrere Erleichterungen zur Pflege daheim.

Da wir sie auch nicht unbedingt in ein Pflegeheim bringen wollen, entschließen wir uns die Sache selbst zuhause zu übernehmen. Paul und ich beantragen ein Hausnotrufsystem. Gehhilfen und Toilettenstuhl wurde schon von Schwester Ute beantragt, und die ambulante Sozialpflege-Hilfe (täglich Pflege zuhause) und die Pflegeeinstufung für die Pflegekasse beantragt Paul.

Unsere Tanten und Onkels kommen tagsüber zu Besuch. Und abends sind wir da. In einem Nebenzimmer schlafen wir und können so ihr helfen, wenn sie nachts raus muss.

Zuhause angekommen stellen wir erst einmal Mutters Bett auf ihren eigenen Wunsch hin ins Wohnzimmer. Auf diese Idee hätten wir schon früher kommen können, denn hier hat sie alles, damit sie es ein bisschen erträglicher haben kann. Gesagt, getan. Innerhalb von ein paar Tagen stellen wir einen Wochenplan auf.

Jeden Morgen gegen 9:30 Uhr kommt von der Sozialstation eine Schwester, die Mutter beim Waschen und der Morgentoilette hilft. Danach besuchen unsere Tanten abwechselnd Mutter. Gegen

Abend hin sind Paul und ich da. Der Notrufdienst hab ich zwar installiert, wird aber gar nicht benutzt. Ist aber auch nur zur Beruhigung, falls ihr was passieren würde. Es folgen Wochen und Monate zwischen Krankenhaus-Besuch zur Chemotherapie-Verabreichung und Hausbesuche des Arztes.

Bei einer Chemo-Verabreichung wird sie ausgerechnet mit einer Krebspatientin zusammengelegt, die Krebs im Endstadium hat. "Das war furchtbar." erzählt Mutter. "Sie hatte nachts starke Schmerzen bekommen und schrie wie ein krankes Tier." Ich bin entsetzt, dass Mutter ausgerechnet mit so einer Patientin das Zimmer teilen musste, die ihr faktisch vorzeigte, wie sie enden kann. Fürs Krankenhaus eine Nummer, aber kein Mensch. Ihr Zustand schwankt immer zwischen hoffen und bangen.

Nachts ist es manchmal am schlimmsten. Wenn sie gerade am Einschlafen ist

gehen diese Anfälle los. Am ganzen Körper fängt sie an zu zittern und frösteln. Eine Unbeherrschbarkeit ihres eigenen Körpers, das mit Schmerzen am Stoma begleitet wird. Diese Minuten sind die schlimmsten. Wehrlos, sich verkrampfend und mit Schmerzen liegt sie da, und ich kann nichts anderes tun, als abzuwarten, die Beine ein bisschen einschmieren und Schmerztropfen reichen. "Das ist kein Leben", sagt sie bei einem dieser Anfälle und ich kämpfe mit den Tränen. "Was hab ich nur verbrochen, dass ich so etwas mitmachen muss ?"

34

Ich versuche sie zu beruhigen "...ich bin bei Dir. Jetzt legen wir erst einmal die Füße hoch. Vielleicht wird es dann besser." Doch ich weiß, dass das alles nicht gegen die wahren Symptomen hilft. Nach ein paar Minuten legt sich dieser Zustand wieder und sie kann sich ein bisschen erholen. Erschöpft schläft sie auch gleich ein.

Jedes Aufstehen vom Bett, jedes Hochsitzen aus dem Liegen ins Sitzen macht ihr zu schaffen und kann sie nur ganz langsam machen.

Sitzt sie dann am Bett, ist sie im gleichen Moment wieder so erschöpft, dass sie sich am liebsten gleich wieder hinlegt. Aber da bin ich oder mein Bruder, der sie im Sitzen an sich anlehnen lässt.

So, den Kopf auf der Schulter und an mich angelehnt, merke ich, wie sich ihre Anstrengung in meinen Armen ein wenig legt. Was hab ich dieser Frau nur angetan, Sorgen , Kummer und Ärger bereitet und jetzt,...jetzt legt sie ihren Kopf an meine Schulter als würde sie mir sagen:

"ich möchte, dass Du mich fest hältst und vertraue Dir voll und ganz. Lass mich am liebsten nicht mehr los ! Ich brauche Dich!"

Ich brauche Dich mehr denn je, denn Deine Hilflosigkeit und Leiden kann ich einfach nicht so hinnehmen.

Nicht ohne jenen Mut und Willen zu zeigen, den Du brauchst, um zu kämpfen.

Ich glaube, in diesen Momenten, als sie mir den Kopf in die Schulter legte, wusste sie ganz genau, dass alles kämpfen am Ende nichts nützen wird.

Nach ca. 2 Monaten bekommen wir eine erste Zwischendiagnose über die Chemo-Behandlung. Die Tumormarkerwerte sind auf 1/4-tel zurückgegangen.
"Das sieht sehr gut aus" sagt der Chefarzt noch dazu. Zweifel kommen etwas hoch, jedoch versuchen wir Mutter mit dieser Nachricht zu motivieren. Wir sind aber alle ziemlich skeptisch.

Es sind noch ungefähr 4 Wochen bis Weihnachten, da beschließen wir Mutters eigentliches Schlafzimmer, in dem wir mittlerweile abwechselnd zur Überwachung für Mutter schlafen, zu renovieren. 2 Tage bevor es losgeht, spiele ich verrückt und meine Nerven gehen abends mit mir durch.
"Was hast du denn ?" fragt mich Mutter.
"Oh, das ganze geht mir auf die Nerven. Renovieren und so.."
Da fängt Mutter plötzlich an zu heulen.
"Ich auch ?" fragt sie. "Nein, Du doch nicht."
Hätte ich das ganze doch einfach nur heruntergeschluckt.
"Mutter, Du kannst doch nichts dafür. Das ist ja ok. Ich spinne halt ein bisschen."
Doch Mutter ist etwas geschockt.
"Ich bin euch nur eine Last".

"Nein, Mutter. Ich bin halt einfach dumm. Bitte, vergiss das." In dieser Nacht habe ich sowieso Nebenzimmerschicht und ich merke wie sich Mutter nachts anstrengt, so wenig wie möglich mich zu wecken. Das tut weh. "Mutter, das möchte ich nicht. Wenn's Dir nicht gut geht, möchte ich dir helfen!"

Tage später geht eigentlich alles recht flott und schnell über die Bühne. Meine Onkels und Tanten helfen alle und ich habe extra frei als wir das Zimmer renovieren. Aber Mutter will trotzdem erst noch im Wohnzimmer liegen bleiben. Da hat sie alles um sich herum. Und das ist auch gut so.

*W*eihnachten

Ein paar Tage später. Paul ist vor mir abends bei ihr. Er geht zu ihr
"Mutter, hast schon aus dem Fenster genau gesehen". "Nein, warum ?"
Paul öffnet den Rollladen, und da sieht sie im Dunkeln draußen auf dem Platz vorm Rathaus den Christbaum hell mit elektrischen Kerzen beleuchtet.
"Dass ich das noch erleben darf" sagt Mutter zu Paul und ist sichtlich gerührt.

Die Weihnachtszeit ist in diesem Jahr anders. Intensiver als sonst. Mutter bekommt viel Besuch. Und, obwohl Mutter kein Weihnachtsgebäck diesmal machen konnte, hatten wir mehr als genug davon als Geschenke erhalten.
Nach einer weiteren Chemo steht auch schon Weihnachten vor der Tür. Wir besorgen alles was so zum Fest dazugehört. Als schließlich der Christbaum bei Ihr im Zimmer steht, kommt auch Mutters Arzt zu Besuch. "Ich habe eine tolle Nachricht für Sie. Die Tumormarker- Werte sind überraschend stark zurückgegangen. Ist das nicht ein tolles Weihnachtsgeschenk?"

Mutter ist den Tränen nah und sie muss lachen. Und mir geht es ebenso. Es folgen ein paar erholsame Tage, die leider ihre letzten dieser Art sein werden. Am Weihnachtsabend geht es etwas schlechter "Gut, dann bleibe ich bei Mutter" sage ich zu Paul "...und Du gehst zu Freddy mit unseren Geschenken". Nach der Christmette, gehe ich zu Mutter und mache das Essen warm. Es gibt gefüllte Pasteten und Salat.

Es ist eine Wohltat ihr zuzusehen, wenn es ihr schmeckt. Die Stunden verrinnen, und als wir nach einer Weile vor dem Fernseher "Stille Nacht, heilige Nacht" hören, fängt Mutter an zu heulen.
"Was ist los, Mutter?"
"Das wird das letzte Weihnachten, das ich erlebe."
"Nein, du wirst noch viele Male Weihnachten erleben, glaube mir." kann ich ihr leider nur abschweifend vorgaukeln. Aber sie weiß wohl, dass das nicht stimmt.

Doch nun geht es auf Silvester zu. Und Mutters vorerst letzte Chemo steht an. Ausgerechnet an Silvestertag, aber das wird schon geh' n. überraschend läuft die Chemo auch relativ schnell und es geht ihr den Umständen entsprechend gut. Silvester ist für Mutter nicht so wichtig, aber Paul bleibt trotzdem den Abend über bei ihr. Nach 0 Uhr gehe ich bei ihr vorbei , um zum Neujahr zu gratulieren. Vor dem Nachbarhaus wird ein wahres Feuerwerk veranstaltet, so dass Mutter erst nicht richtig schlafen kann.

Aber an diesem Abend ist Rücksichtnahme zweitrangig. Zumindest bei den Nachbarn.

Mit der letzten Chemotherapie ist nun eine mehr als 6-wöchige Wartezeit angegeben worden, die wir verbringen müssen, bis weitere Untersuchungen folgen. In jeder Woche muss das Blutbild kontrolliert werden. Es kommen Wochen des Wartens und zu Mutters Nachteil verschlechtert sich ihr Allgemeinzustand von Woche zu Woche ganz langsam. 4 Wochen nach der letzten Chemo ist sie wieder an einem Tiefpunkt. Ihr Arzt handelt aber sofort und veranlasst eine Überweisung in eine andere Klinik , in der mehr Wert und Zeit auf die Pflege angewendet wird.

Dort wird sie wieder durchgecheckt und bekommt endlich wieder Infusionen, die den mangelnden Wasserhaushalt ihres Körpers einigermaßen wieder ins Lot bringen sollen. Der Aufenthalt dort tut ihr merklich gut und nach 16 Tagen kann sie mit etwas besseren Blutwerten die Klinik verlassen.

Das Ergebnis

Jetzt können wir entspannt auf einen Termin zum sogenannten Staging (Nachuntersuchung) abwarten. Merklich besser, fängt sie an wieder aktiv zu werden. Läuft in der Wohnung umher und macht schon wieder ein bisschen in der Küche herum, doch der ersehnte Untersuchungstermin verschiebt sich immer weiter hinaus. Und Mutter wird wieder nervös.

"Warum dauert es solange einen Termin zu bekommen? Stimmt noch was anderes nicht mit mir?".

Dies und das warten schaffen es jedoch Mutter zwischenzeitliche Hochform arg zu drücken. Doch dann ist es endlich soweit. 2 Tage im Krankenhaus.

Sie ist 1 Tag dort und schon stürzt sie in ihrem Krankenzimmer vor den Augen des anwesenden Arztes und der Schwestern, die erst tatenlos zusehen. Gott sei dank, nicht passiert, aber welch eine Fahrlässigkeit des Personals?

Nach der Untersuchung wird uns auch wieder nichts Klares gesagt. Zurückhaltung und absolut keine Informationen bringen uns schier zur Verzweiflung. Mutter fängt an zu resignieren. "Mutter, *das dauert halt seine Zeit bis alles untersucht wurde. Labor usw." Wir haben auch in der Zwischenzeit von den vielen telefonische Anfragen und E-Mails, die wir dem Chefarzt der behandelten Abteilung bisher zukommen haben lassen abgesehen, da auch keine klaren Aussagen gemacht wurden.*

Eine von Mutters vielen Bettnachbarinnen aus dem Krankenhaus hat einmal zu ihr gesagt, sie solle alles raus lassen. Also wenn jemand nach weinen zumute ist, dann einfach gehen lassen. Das ist schon in Ordnung. Man kann nicht alles in sich hineinfressen.

In manchen Momenten, in denen Ärzte uns Informationen vorenthalten, die Schmerzen und Beschwerden fast unerträglich werden, kann ich Mutter einfach nicht alleine lassen. Ich beginne unsere Gesellschaft regelrecht zu hassen. Dabei sind es typische Fragen und Äußerungen, die die Krankheit mit sich bringt, das Leben fast unerträglich machen.
"Wie alt ist denn Deine Mutter?"
"Das ist halt Krebs!"
"So ist das nun, das Leben!"
Kaum gesagt, können sich Leute mit diesen Äußerungen zurückziehen. Nur meine Mutter nicht. Für sie selbst ist es eine Tatsache, die sie ertragen muss. Es tut so weh, sie so leiden zu sehen.

Unsere Gesellschaft kennt halt nur Erfolg, Karriere und Profit. Für Hoffnung, Sentimentalitäten und Nächstenliebe ist da kein Platz mehr. Eine schwere

Krankheit ist da nur ein unwirtschaftlicher und unangenehmer Zustand, mit dem man so wenig wie möglich zu tun haben will. Es gibt immer was wichtigeres, als der Kranke.

In dieser Zeit lerne ich Ärzten zu misstrauen, Behörden zu ignorieren und den Respekt an solchen Personen zu verlieren. Die schlimmste Sorte von Menschen, die es gibt, sind Politiker. Jene Totengräber der Gesellschaft, die nur Eigennutz und Macht im Kopf haben. Doch alles hadern nützt Mutter nichts.

So müssen wir lange Wartezeiten, schlechter oder gar kein Informationsfluss und die Launen mancher Schwester der Station 4C einfach hinnehmen. Mutter hat das alles andere als verdient. Aber ich werte das, als Mutters Größe. Alles über sich ergehen zu lassen und das Beste daraus zu machen. Ich bin richtig stolz auf sie. Sie wäre ja eigentlich diejenige gewesen, die die Nerven verlieren hätte können. Hat sie aber nie. Sie ist einfach immer darüber hinweg gegangen. Da musste ich mich schon eher beherrschen. Dies soll auch keine Anklage werden.

Mutters Beispiel möchte ich nur gerne folgen.

Unser Arzt beruhigt sie und gibt ihr Beruhigungsspritzen. Doch es scheint so, als würde sie nicht mehr richtig an den Erfolg der Chemo glauben. Es vergehen wieder Wochen und es ist immer noch kein Untersuchungs-Bericht da.

Mittwoch Morgen. Mir ist ziemlich übel und ich habe über Nacht starke Bauchschmerzen bekommen.

Im Bad muss ich mich übergeben. Ich rufe im Geschäft an, wo ich mich krank melde.

Mutter, die selbst gerade ein paar Meter laufen kann kommt an mein Bett und fragt mich wie es mir geht. "Mutter geh in Dein Bett."

Der Arzt stellt schließlich fest, Darmgrippe. Ich soll mich unbedingt von Mutter fernhalten, sonst stecke ich sie an. Das ist für sie nicht sehr gut.

Leichter gesagt. Doch sie steht wieder in meinem Schlafzimmer, um nach mir zu sehen. Das ist typisch Mutter. Selbst tot krank macht sie sich noch um mich, der mit einer Darmgrippe im Bett liegt Gedanken und Sorgen. Mir stellt' s fast die Luft ab, als sie wieder da steht. "Geh jetzt in Dein Bett!" sag ich zu ihr, und dann läuft sie endlich in ihr Zimmer.

Nach 2 Tagen geht es mir schon etwas besser, aber Mutter hat jetzt doch was abbekommen. Sie muss sich übergeben und hat auch Bauchschmerzen. Der Arzt stellt beim Hausbesuch dann auch letzt endlich die gleiche Diagnose, Darmgrippe. Oh , nein, jetzt hat sie es doch.

Es ist mittlerweile Ostern. Sie quält sich ein paar Tage schon mit dem Übergeben herum und es sieht auch kaum nach einer Besserung aus.

Ostermontag

Es ist 6 Uhr. Mutter hat die ganze Nacht so gut wie kein Auge zu getan. Fast jede Stunde musste sie sich übergeben. Ihr Erbrochenes ist auch nur noch grünlich.

Sie ist am Ende. Ich rufe den Arzt an, der eine Überweisung in die andere Klinik veranlasst.

In der Klinik angekommen, wird sie sofort in ihr ehemaliges Zimmer gebracht. Nach einer Weile bekommt sie wieder Infusionen. Sie ist ziemlich erschöpft und man merkt, wie ihr Lebenswille langsam abschwellt. "Mutter, jetzt müssen wir erst einmal abwarten, was man machen kann. Mit den Infusionen müsste es ja besser werden."

Eine Ärztin untersucht sie noch an diesem morgen. Als ich ihr erzähle, dass wir seit mehr als 5 Wochen auf den Staging - Bericht warten, ist sie ziemlich entsetzt. "Ich werde dort mal anrufen" versichert sie mir. Noch ist sie zwar alleine im Zimmer, aber tagsüber bekommt sie Besuch. Gegen Abend hin kann ich solange bei ihr bleiben, bis die Besuchszeit vorüber ist. Am nächsten Tag sind schon weitere Mitpatienten bei ihr im Zimmer. Leider auch wieder ein schwerer Endstadium-Fall, der Mutter mitreist. Sie muss mit ansehen, wie schlecht es ihrer Bett-

nachbarin geht. Es ist Mittwoch und ihr Zustand hat sich sogar etwas stabilisiert.

"Eine Physiotherapeutin war da, und sogar massiert wurde ich jetzt" sagt Mutter ganz entspannt. "Das ist ja toll". Und das essen scheint auch wieder zu gehen. Was im ersten Moment ermutigend, ja sogar als ein Erfolg aussieht entpuppt sich am darauffolgenden Tag als Desaster. Ihr wird wieder übel. Sie kann wieder nicht richtig laufen und dann das andauernde Übergeben, wird wieder schlimmer.
Ihre Bettnachbarin wurde jetzt in ein Einzelzimmer verlegt. Und am Freitag geht die andere nach Hause. Wieder ist sie alleine im Zimmer, nur diesmal das ganze Wochenende. "Mutter, wir sind ja da".

Als Samstag Nachmittag der Krankenhaus-Pfarrer hereinkommt, lächelt sie sogar wieder ein wenig. "Hallo Maria" kommt die Stimme Pfarrer Müllers an sie "Du musst keine Angst haben. Auch wenn man keine Hoffnung mehr hat. Er ist immer bei Dir. Alles hat seinen Sinn. Du brauchst nicht hadern." Mutter wirkt sichtlich entspannter und der geistliche Beistand ist mehr als Balsam auf die Seele. Nach einem gemeinsamen Gebet und einem Lied fragt Pfarrer unsere Mutter nach uns, ihren Söhnen.
"Wie viele Kinder hast Du ? Maria"
"3 Söhne."
„Sind sie denn als bei Dir ?".
„Jeden Tag".

Er redet noch ein bisschen und muss auch schon wieder zum nächsten Patienten. Nach einer Woche ist der Staging-Bericht direkt an die andere Klink gegangen. Es wird zwar eine weitere Chemotherapie empfohlen, aber ihr Allgemeinzustand hat sich drastisch verschlechtert.

"Die haben doch keine Ahnung im Krankenhaus" antwortet eine Ärztin der Klinik auf meine Frage, wie es denn nun weitergeht. Es folgt eine letzte abschließende Untersuchung, die leider eine beunruhigende Vermutung bestätigt. Leider hat der Krebs schon andere Organe befallen, auch die Bauchspeicheldrüse. Das erklärt das viele Erbrechen.

Ein behandelnder Arzt rät uns Mutter im Hospiz, das sich im gleichen Gebäude im 3-ten Stockwerk befindet, anzumelden. Schließlich machen wir dies. "Oh je, das ist das Ende" sagt Mutter. "Mutter, es ist dort besser für Dich. Dort können die Dich viel besser pflegen, als wir es zuhause je tun können." Zustimmend "Ja, ich weiß. Es ist ja schon richtig."

*M*utters letzter Weg

Dienstag.

Ein Tag nach der letzten ärztlichen Untersuchung steht fest, dass Mutter ins Hospiz kommt. Für Mutter bricht endgültig ihre Welt zusammen. Ihre Nervosität ist nicht mehr zu übersehen. Die Übelkeit nimmt zu. "Jetzt geht es zu Ende mit mir" sagt sie. Als ich sie nach Feierabend besuche, ist es unschwer zu erkennen, dass sie sich abkapselt. Die Umgebung um sich herum erst einmal gar nicht mehr wahr nimmt. Sobald sie sich aufbäumt, wird es ihr schlecht. Sie bekommt an diesem Abend einen Katheder gelegt, der sie entlasten soll. Doch der Fremdkörper schmerzt ihr. Trotzdem ist es besser für sie.

Mittwoch.

An diesem Tag kämpft sie merklich mit der Fassung. Meine Cousine besucht sie mit Ihrem Kind. Eine richtige Freude für Mutter. Am Abend wird es jedoch wieder schlechter. Mein Neffe besucht sie noch einmal bevor er nach Italien zum Schüleraustausch für 1 Woche fährt.

Donnerstag.

10 Uhr läutet mein Handy. "Paul hier. Mutter wird heute ins Hospiz verlegt."

"Ich kann jetzt aber nicht gleich zu ihr." antworte ich. "Ich weiß jetzt auch nicht, wann sie nun hoch kommt." erklärt mir Paul. So beschließen wir erst einmal den Tag abzuwarten. Gegen 15 Uhr packt mich doch das Unbehagen und ich fahre zur Klinik.

Schon an der Einfahrt kommt mir Mutters Arzt entgegen.

"Sie ist jetzt im Hospiz und ich musste ihr eine Magensonde legen, da sie nur noch Erbrochen hat. Das bringt ein wenig Entlastung."

Dies und ein in der Klinik verlegter Katheder sollen ihr helfen. Ungeduldig laufe ich die Treppe hinauf und öffne das Zimmer. Da liegt sie im tiefen Schlaf. Eine Schwester kommt herein.

"...ich bin eine der Söhne von Maria Schneider" entgegne ich ihr.

"Kommen sie mal mit raus.....Also ihre Mutter wird nicht mehr langen zu leben haben. Es kann sich um Stunden vielleicht 2-3 Tage handeln."

Jetzt ist es klar. Mutter wird sterben. Als ob ich nicht immer noch Hoffnung hatte und auf ein wenig Glück hoffte, ist alles nun wie ein Stück meines eigenen Herzens, das ich nun verlieren werde. Ich dachte nur noch. Was mache ich jetzt? Und ich möchte sie

50

nicht alleine lassen. Aufgeregt rufe ich meinen Kollegen "Ich werde morgen nicht kommen, da meine Mutter im Sterben liegt."

Zum ersten Mal sage ich diesen Satz und gleichzeitig merke ich wie er mir richtig die Luft abstellt.
Verständnisvoll antwortet mein Kollege mit einem klaren:
"Bleib da wo Du bist. Bei Deiner Mutter. Dies ist Deine letzte Chance"
Und so gehe wieder zurück in Ihr Zimmer.
Da liegt sie mit Beruhigungsmittel in den Schlaf zur Erholung gelegt.

Freitag.
Ich habe die Nacht bei Mutter im Zimmer verbracht. Als sie morgens aufwacht, ist sie bei sich.
"Wo ist Paul ?" fragt sie mich.
"Er ist zuhause und kommt nach dem Geschäft."
Sie fängt an zu heulen...
"aber Mutter, Du brauchst doch nicht weinen, er kommt auch bald."
Und schon eine halbe Stunde später ist Paul da. Er hatte es auch nicht ausgehalten und ging nicht ins Geschäft. Ich könnte auch nicht arbeiten, wenn ich genau wüsste, dass Mutter im Sterben liegt.
Ein paar Stunden gehe ich nach Hause um mich von der unruhigen Nacht zu erholen. Nach 2 Stunden Schlaf hält es mich auch nicht mehr und ich gehe

wieder zu Mutter. Mittlerweile hat Paul mit Mutter sehr viel geredet.

"Wir sollen uns vertragen und brav sein. Bauen sollen wir und uns eine Frau suchen."
Hat sie gesagt und sie hat noch vieles mehr erwähnt. An diesem Tag war Mutter schon lange nicht mehr so bei klarem Gedanken.
"Mutter, was hab ich Dir nicht alles angetan." erwidernd sagte Paul "Du brauchst nicht mit Dir hadern. Es ist alles schon gut."
Wir können in diesen Tagen ein bisschen miteinander reden. Mutter hat, Gott sei Dank, keine Schmerzen. Obwohl sie im Hospiz die Mittel dazu da hätten, bekommt sie nur Beruhigungsspritzen und wird jede 2-te Stunde in der Liegeposition gedreht, damit kein Wundliegen aufkommt. Im Hintergrund läuft ab uns zu entspannende Musik und die Zimmer sind sehr freundlich eingerichtet. Eine schöne Atmosphäre. Der Pfarrer kommt mittlerweile sogar 2 Mal am Tag zu ihr.

Samstag.
Am frühen Morgen komme ich in Mutters Zimmer, als sie gerade gewaschen wird. Sichtlich geniest sie das. Sie liegt so wehr- und hilflos da.
Wir fragen "Hast Du Schmerzen?"
"Nein" erwidert sie. Wir sollten aber auch nicht andauernd danach fragen, sonst wird sie unter Umständen nur daran erinnert. Man merkt , wenn es

der Patientin schlecht geht, wurde uns gesagt. In dieser Situation sind wir stark an das Pflegepersonal angewiesen. Sie helfen uns Mutters Reaktionen zu deuten. Am Nachmittag bekommen wir Besuch. Meine Onkels und Tanten, die auch schon die ganze Zeit da sind und meine Cousine und Cousine 's. Sie zeigen ihr Bilder von deren Nachwuchs, aber sie bekommt es nur ein wenig mit. In diesem Moment merke ich auch, wie gerne Mutter Bilder von unseren Kindern gehabt hätte. Aber ich habe keine. Es tut sichtlich weh, wie es ihr am Nachmittag schlechter geht.

Heute Abend bleibe ich bei ihr. Im Laufe des Nachmittags kommen mein ältester Bruder mit seiner Familie. Als wir uns rund um ihr Bett versammeln sagt sie "Ich werde jetzt sterben". Der Jüngste von meinem Bruder ist ziemlich geschockt und fällt in Tränen. Ein Schock für ihn, aber ich gehe mit ihm auch mal nach draußen um mir ihm darüber zu reden. Wir sind alle ziemlich am Ende mit unserer Kraft und wünschen Mutter nur das Beste. Sie selbst will nun nicht mehr leben. Es ist nur noch eine Quälerei.

Sonntag.
Die reinen Wachzustände nehmen merklich ab. Sie kann auch den leibgemeinten Besuch nicht mehr so wahrnehmen. Es ist Muttertag. An diesem Morgen fahre ich noch in einen Blumenladen um einen

Strauß zu besorgen. "Einen schönen Muttertag wünsche ich Dir", sage ich zu ihr und das tut richtig weh. Sie kann sich noch ein wenig dazu aufraffen den Blumenstrauß zur Kenntnis zu nehmen. Aber dann fällt sie wieder in tiefen Schlaf.

Nur noch ab und zu mal ein Schluck Tee.
"Oh könnte ich nicht einmal ein Schluck Bier bekommen?" fragt sie die Schwester.
"Selbstverständlich. Mit Sprudel ein bisschen." Und so geben wir ihr ein Schluck Bier.
Wir können zwar sehen, dass über die Magensonde das vorher geschluckte Bier gerade wieder zurückfließt, aber sie geniest es trotzdem sichtlich. "Aber nicht dass sie denken, ich bin ein Alkoholiker!" sagt sie zur Schwester. Wir müssen lachen. "Oder nachher lässt mich Petrus wegen der Bierfahne nicht mehr rein". kommentiert Mutter zu dem einen Schluck Bier.
"Nein, nein, Petrus lässt sie mit Sicherheit rein" nimmt Schwester Irene ihre Scherze auf.

Montag.
Wiederum beginnt der Tag mit der Wäsche im Bett. Mutter wird auch alle 2 Stunden gewendet und das tut ihr gut. ihr Mund wird immer trockener und wir versuchen diesen immer feucht zu halten.
Sie kann nicht mehr richtig trinken, da ihr Schluckmuskel langsam überfordert wird und sie sich öfters verschluckt. Wir bekommen Angst , dass
54

sie sich am getrunkenen erstickt. Am Nachmittag raten uns die Pflegeleute nicht mehr zur Trinken zu geben.

Wir sitzen da und sehen Mutter beim Schlafen zu. Dann wacht sie plötzlich auf.
"Gebt mir Durst" damit meint sie, dass wir ihr zu trinken geben sollen. Doch wir bleiben sitzen, wie es uns das Pflegepersonal geraten hat.
"Gebt mir Durst" ruft Mutter energischer "...Lukas, warum gibst Du mir nichts zum Trinken?"
Paul und mir laufen die Tränen hinunter und schließlich halte ich es nicht mehr aus und gebe ihr in Wasser getauchte Wattebäusche zum Lutschen. Es ist nun Zeit, dass niemand außer uns zu ihr geht. Das ist das Beste für alle. An diesem Abend beschließen wir, dass keiner von uns über Nacht bei ihr bleibt.
Paul fragt sie:
"Mutter wir gehen heute Abend alle heim und kommen erst wieder morgen früh. Ist das recht so?"
Mutter nickt zustimmend mit dem Kopf.

Dienstag.
Morgens angekommen, wird sie wieder gewaschen. Irgendwie merken wir, dass Mutter auf Freddys Ältesten wartet. Sie weiß, dass er noch im Schüleraustausch in Italien ist und erst am Freitag zurück kommt. Wir vermuten sehr stark, dass sie

nicht loslässt um nach seiner Rückkehr leb wohl zu sagen.

Bis Samstag verändert sich ihr Zustand nicht und obwohl sie so gut wie keine Nahrung und Flüssigkeit mehr aufnehmen kann, hält sie diese Tage in unglaublicher Stärke durch.

Bei den vielen Besuchen des Pfarrers, der immer für Mutter aufmunternd wirkt sah er uns die Tränen an und sagte "Es wird ihr bald besser gehen und dann hat sie ihren wahren Platz gefunden. Und Ihr, ihre Söhne sind ja immer bei ihr gewesen" weinend muss ich grinsen.

Da sagt er: „ Man kann auch unter Tränen lachen. Sie hat schon lange einen Platz bei Gott".

Gewaschen wird sie direkt im Bett, und das kann man auch sehen, dass sie das wirklich geniest. Obwohl sie die Augen nicht mehr viel offen hat, bekommt sie alles mit. Reagiert mit Hand heben, Fingerzeig oder versucht zu reden. Vor Antritt ins Hospiz hat sie mitbekommen, dass ihr Enkel Thomas, Freddys Sohn, eine Woche zum Schüleraustausch nach Italien gefahren ist. "Dann ist ja Thomas gar nicht da, wenn ich beerdigt werde" sagt sie in einem coolen Ton.

Jetzt ist Samstag. Thomas ist wieder da und Mutter hat solange durchgehalten.

Unglaublich. Ich hole Thomas ab, dass er sie noch einmal sehen kann. Obwohl sie kaum reagiert, merkt sie dass ihr Enkel wieder da ist.
„Oma hört dich, Thomas, rede einfach mit ihr" und Thomas hält ihr dabei die Hand.

Es gibt Menschen die alles, aber wirklich alles geben. Menschen, die sich Ihren Kindern und Kindes Kindern opfern.
Jene Maria Schneiders, die sich selbst nichts gönnen. Nicht ins Fitnessstudio täglich pilgern, um Eindruck mit ihrer Figur zu schinden. Nicht die tollsten und schönsten Kleider tragen und besitzen. Weder Nagel- noch Kosmetikstudios von innen besichtigen. Nicht großartig ausgehen. Ihr ganzes Leben war ein Geben. Schenkte sie uns, ihren Kindern, das Leben und ihre ganze Kraft. Bis....ja, bis es nicht mehr geht. Reichtümer, Ruhm und Schlösser waren nicht wichtig. Nur ihre Liebe.
Ist aber nicht genau das das Wichtigste?

Am Samstag Abend um 20 Uhr stirbt Maria Schneider.

Der tiefe Fall

Jetzt stehe ich am Grab von Mutter. Es ist 4 Wochen her, da sie beerdigt wurde und für mich ist alles noch so unrealistisch, so unwirklich.

Sie hatte mich während ihrer Krankheit einmal gefragt, ob ich sie vergessen würde?

Wie könnte ich nur? Nie. Sie ist ja Mutter. Der Alltag läuft weiter und die Spuren, die sie hinterlassen hat, begegnen mir Tag täglich.

Ein paar Tage weg fahren ist jetzt das Beste. Und so beschließen wir, ich und Paul, in die Berge zu fahren. Es sind schöne Tage und bei den anstrengenden Bergtouren, die wir unternehmen kommt man wieder auf andere Gedanken.

Zuhause angekommen läuft alles wieder wie eh und je weiter. Der Arbeitsalltag hat mich wieder gefangen und zugegeben: Es lenkt wirklich ab.

Doch abends und nachts. Wenn es ruhig wird und still. Wenn ich am einschlafen bin. Dann kommt alles wieder hoch.

Alle Gedanken drehen sich wieder nur noch um Krankheit und Tod. Und darum, wie die Umwelt damit umgeht.

Wie auch immer, am Samstag Abend geh ich was trinken. Am Platz an der Theke komme ich auf andere Gedanken und genehmige mir ein Glas nach dem anderen.

Betrunken, wie ich bin, steige ich voller Enthusiasmus in ein Taxi.

Als ich am anderen Morgen aufwache, kann ich mich erst an gar nichts mehr erinnern. Doch dann fällt es mir wieder ein. Ich war noch in einem Nachtclub. So vergehen Wochen und Monate.

Auf den ewig langen Abendtouren fange ich an, nach irgendwas zu suchen. Dabei verliere ich total den Sinn zur Realität. Was suche ich? Mit welchem Ziel? Möchte ich überhaupt noch Ziele haben? Reichtum? Ruhm? ...oder Liebe? Letzteres werd ich wohl nie finden.

*E*in neuer Anfang

Freitag Mittag.

Heute habe ich einen freien Tag und kann mich endlich mal wieder vom Arbeitsstress erholen.

Eine Arbeit, die schon lange mehr keinen Spaß machte. Als Gruppenleiter in der Produktion hab ich viel Personalverantwortung. Aber von Gruppe oder Team kann schon lange nicht mehr die Rede sein. Victorio, hab ich erst vor 2 Monaten eingestellt. Obwohl er am Anfang einen kompetenten Eindruck machte, fing er schon nach kurzer Zeit an, seine Arbeit zu vernachlässigen. Ständig musste ich ihm auf die Finger schauen, damit er keine Fehler machte. Dann kam er immer zu spät und ging einfach, wenn er keine Lust mehr hatte.

Nun hätte ich ihn ja wieder entlassen können, aber da hatte er meine Vorgesetzten schon über angebliche Mängel innerhalb der Abteilung, die lapidar waren, informiert. Diese hatten ihn noch in Schutz genommen. Mir wurde bewusst was Mobbing heißt.

So blieb mir nur die Wahl, mit den Launen und Missachtungen umzugehen. Es wurde Alltagsgeschäft. Es entstand ein Arbeitsklima, das auf Misstrauen, Bespitzelungen und Beschuldigungen beruht.

Wie war es noch, als ich Mutter pflegte. Es gibt wichtigere Dinge als Reichtum, Ruhm oder Erfolg.
Aber das ganze ging mich ja bald nichts mehr an. Ich hatte vor kurzem die Kündigung eingereicht. Endlich einen neuen Anfang wagen. Wenn nicht jetzt, wann dann.
Der freie Tag kam mir da gerade recht.

Ich gehe Einkaufen. Das riesige Einkaufszentrum ist zwar etwas unübersichtlich, aber irgendwie findet man doch immer wieder das, was man sucht.
Mit ein paar neuen Jeans ausgestattet setze ich mich in ein Café. Die Bedienung ist etwas genervt aus, als ich mir einen Kaffee bestelle. Von hier aus, überblickt man die ganze Halle. Ein Einkaufszentrum ähnlich einer amerikanischen Mall.
Nichts Besonderes. Doch dann...
Dann. Auf einmal setzt sie sich neben mich an den Nachbartisch. Ein dunkelhaariges Mädchen mit südländischem Aussehen. Sie fällt mir gleich auf, und bemerke,
wie unbeholfen sie wirkt.
„Was wollen sie trinken?" fragt die genervte Bedienung das Mädchen.
„Sajnalom. Csak inni szeretnek valamit."
Die Bedienung scheint total überfordert zu sein.
„Coffee ? Do you want coffee?" versuche ich dem Mädchen zu helfen.
„Yes" antwortet sie und die Bedienung zottelt total überfordert ab.

Wir kommen ein wenig in Gespräch. Halb mit Hän-
den und Füssen, halb im englisch. Sie heißt Sarah
und kommt aus Budapest.
Ich bemerke gar nicht, wie die Zeit vergeht. Als ich
später auf die Uhr schaue, sind 3 Stunden vergan-
gen.
So etwas ist mir noch nie passiert.
Die Tage danach treffen wir uns noch öfters und
obwohl wir anfangs noch starke Verständigungs-
probleme haben, macht sich eine Vertrautheit und
Wohlbehagen ihrer Gegenwart breit, die ich noch
nie kannte.

Mittwoch morgen.
Die Fähre hatte um 9:30 Uhr in Oban abgelegt und
wird gleich in Port Askaig eintreffen. Es ist für
schottische Wetterverhältnisse heute ein sehr schö-
ner Tag.
Sarah und ich laufen den Bootssteg entlang.
Da ist es wieder. Das Hafenhäuschen und die weg-
führende Straße. Alles wie vor 10 Jahren. Auch die
Telefonzelle ist noch vorhanden. Ich nehm den Hörer
ab und wähle eine Nummer:
„Ja Paul Schneider hier".
„Hier ist Lukas" antworte ich. „Wie geht's?"
„Hallo Lukas. Es ist alles in Ordnung!"
Ich muss lachen und mir stehen Tränen in den Au-
gen.

Ohne weiter darüber zu reden wird mir und Paul bewusst, dass es sich immer lohnt um das Leben zu kämpfen. Und ist noch so aussichtslos.

In Gedenken an eine wunderbare Mutter.

von

Bruno Wieber

Herstellung und Verlag:
Books on Demand GmbH, Norderstedt
ISBN 978-3-8482-1153-1